Ernst Schmid – **Schattenernte**

**EDITION
NEUNZIG**

In Zusammenarbeit mit dem
OÖ. P.E.N.-Club

Ernst Schmid

Schattenernte

Gedichte

*Mit Zeichnungen
von Josef M. Hörfarter*

ENNSTHALER VERLAG, A-4402 STEYR

Das Porträtfoto von Ernst Schmid
stammt von Heimo Penn

Gefördert durch einen Druckkostenbeitrag
des Kulturamtes der Stadt Linz

ISBN 3 85068 504 7

Alle Rechte vorbehalten – Printed in Austria
Copyright © 1996 by Ennsthaler Verlag, Steyr
Satz, Druck und Verlag: Ennsthaler, A-4402 Steyr

Auf der Suche nach...

Wüßte ich
wo
ich würde hingehen

wüßte ich
was
ich würde künden davon

Weiß aber nicht einmal
wonach
ich suche

Weiß nur
woanders
anders

Unterwegs

Botanischer Garten im Frühling

Einzigartig
ist die Welt

Wir aber
gehen um mit ihr
als hätten wir
noch eine zweite
in Reserve

Unterwegs bei sengender Hitze

Bäume
nicht als Bäume
und kein Platz zum Parken

Nutzlose Weisheit!

Wütend gebe ich Gas

Die Dorfbewohner blicken
uns verwundert nach
und ernten weiter
Schatten

*„Auf Kreta pflanzt man eine Platane
vor dem Haus als Zeichen der Weisheit."*

Souvenir aus Lourdes

Die Krücken in uns
beiseite legen
und auf die anderen
zugehen

Wie leicht könnten
Wunder geschehen

Ausstellungsbesuch

Pinselgewitter
wohin man auch blickt

Unterschlupf findet
das Auge erst draußen

Doch noch lange
rollen aus der Ferne
Donner an die Seele

(für M.Oberlik)

Menschlich, allzu menschlich

Kreta.
Verlockende Frucht...

Sommers
abgenagt bis zum Kern.

Paradise lost.

Lichtjahre

In Rom, Paris,
New York, Shanghai

Fast überall gewesen

Und bald vielleicht am Mond

Noch nicht in euren Herzen
Der Weg dorthin ist sternenweit

Nachtfischen

Einem Kritiker

Es stimmt schon:
Gedichte
machen nicht satt.

Denn wer
davon gekostet hat,
wird hungrig

nach Leben.

Nachtfischer

Mein Schlaf steht still

Ihm hat der Tag
Sandkörner hinters Lid
gestreut

Am liebsten würde ich
die Träume aus meinen Nächten
fegen

Wo aber bliebe
dann noch Raum
Perlen zu ziehen

Scherbenhaufen

Ein Leben lang
die Scherben
unter die Seele kehren

Bis man
an sich verblutet

Erwachen

Jeder Tag ein Stein
an dem sich meine Träume
blutig schlagen

Irgendwann
wird mir der Berg
über den Kopf wachsen

Und ich werde
dahinter stehen

Aussichtslos

Selbstmord

Er hat keinen
anderen Ausweg gefunden

Oder sollte man sagen
Keinen Eingang

Auch meine Tür
war zu oft verschlossen

Angst

In mir steckt Angst
wie eine zweite Seele

hemmt meine Hand
die zärtlich nur berühren will

trübt meine Träume
wenn ich an die Zukunft denke

zäumt meine Zunge
die belanglos plaudern will

In mir herrscht Angst
und nötigt meine Seele

ich lebe nicht
die Angst lebt mich

Schlußrechnung

Nie damit gerechnet
Freunde zu Grabe
tragen zu müssen

Wer wird der nächste sein?

Plötzlich beginne auch
ich zu zählen

Resümee

Über dem Kopf
stets ein Dach

Immer satt gewesen

Nie hat etwas gefehlt

Und trotzdem
Wüste im Herzen

Oder gerade deshalb

Wohin

Und wohin
wenn die Träume enden

Sich dem Morgen stellen
Vor, zurück
in die Lüfte starren
Gute Gründe suchen
oder einen neuen Gott
Däumchen drehen
Wieder in den Schlaf
sich lügen
oder irgendwo...

Vater sein

Auf den Vorwurf des Sohnes

Bald würden,
wenn alle Steine
aus dem Weg ich nähme,
die Schritte schwer
dir fallen

Und irgendwann
bliebest du stehn
und würdest warten
auf den einen,
der alle Steine
aus dem Weg zu räumen
dir verspricht

Zufluchtsstätte nachts

Seine Füße irren
über meinen Rücken.
Seine Hände tasten
nach Weg.

Er hat sich
im Traum verlaufen.

Spät findet er Halt.
An meinem Schlüsselbein.
Und öffnet die Tür
zurück in den Schlaf.

Wer zuletzt...

Alles nur geschrieben
damit du einmal
lächeln kannst

über die Sorgen
die mich einst
zum Schreiben trieben

„Warum schreibst du keine lustigen Gedichte?"

Generationen

Was für ein Schweigen!

Wie eine Mauer

Da ist jedes Wort umsonst,
sage ich und wende mich ab

auf der Zunge
den Geschmack von Mörtel

Vater sein

Bruder wollte ich dir sein.
Weggefährte.

Doch schon
mißt du deine Stärke
gegen mich.

Altes Spiel.

Aus der Traum.

Kinderwelt

Zweifel

Die Kinder schießen im Hof.
Krieg.

Abseits mein Sohn.
Waffenlos
nach Willen der Eltern.

Wenn ich erst groß bin,
sagt er voll Wut,
spiele ich auch mit.

Kinderzeichnung

Ein Kreis voller Punkte

Was ich als Fliegen
auf einem Teller erriet,
hattest du als die Menschen
auf der Erde gezeichnet

Die Schuld liegt bei mir

Ich hatte nicht bedacht,
daß alle Menschen gleich sind

Haare lassen

Der Frühling wird
den Bäumen wieder
grüne Locken legen

Sofern der Herbst
die Haare schnitt

Auf die bange Frage des Sohnes,
ob den Bäumen die Haare wieder wachsen

Kinderwelt

Die Flüsse blau
die Städte rot
braun die Gebirge

Europa abzupausen
plagt sich mein Sohn

Die Grenzen läßt er weg
die halten ihn nur auf

Fast wünschte man
die Welt in Kinderhände

Unterrichtsschluß

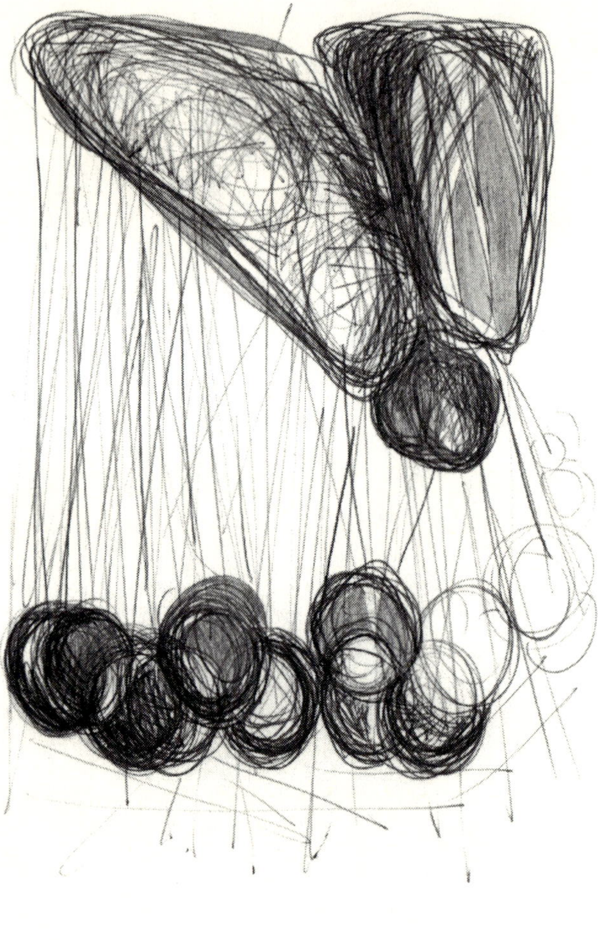

A never ending story

Meine Eltern wollten,
daß ich etwas lerne.
Sie haben mich geschlagen.
Weil sie mich geschlagen haben,
habe ich etwas gelernt.

Ich schlage mein Kind.
Ich will, daß es etwas lernt.
Wenn ich es nicht schlage,
wird es nichts lernen.

Das hätte ich nicht gelernt,
wenn mich meine Eltern
nicht geschlagen hätten.

Lernstunde

Warum müssen wir
das alles wissen?

Weil viel wissen denen
ein wenig macht nimmt,
die wissen, daß ihnen
wenig wissen viel macht gibt.

Der Schule zu Ohren

...nicht Schmiede,
Steigbügel sein,
damit sie ihren Gedanken
selbst die Sporen geben können

Klage eines älteren Kollegen

Sie können unseren Worten
nicht folgen, weil
sie nie gelernt haben
zuzuhören.

Uns hat man
zum Hören gezwungen,
und wir folgten
aufs Wort.

Unterrichtsschluß

Worte.
Über ihre gebeugten Köpfe
hinweg.
Längst eingekerbt
in das Holz der Tische.
Die Herzen.
Und unter den Bänken
scharren die Füße.

Einsicht

Mein Wissen
habe ich aus Büchern

Das war zu wenig

Jetzt lerne ich
noch einmal lesen

in den Augen

Nicht für die Schule

Zusammenzählen
Verdoppeln
Vervielfachen

Beschäftige dich
auch mit dem Teilen!

Für deine Zukunft
mußt du mit allem
rechnen können

Neuigkeiten von gestern

Neuigkeiten von gestern

Täglich lesen wir
von neuem
daß alles
beim alten geblieben ist

Einer erschlug den anderen
wegen nichts
verhungerte ein Kind

Machtergreifung

Sie versprachen
unsere Sache
in die Hand zu nehmen

Wir ließen uns
um den Finger
wickeln

Jetzt
haben sie uns
fest im Griff

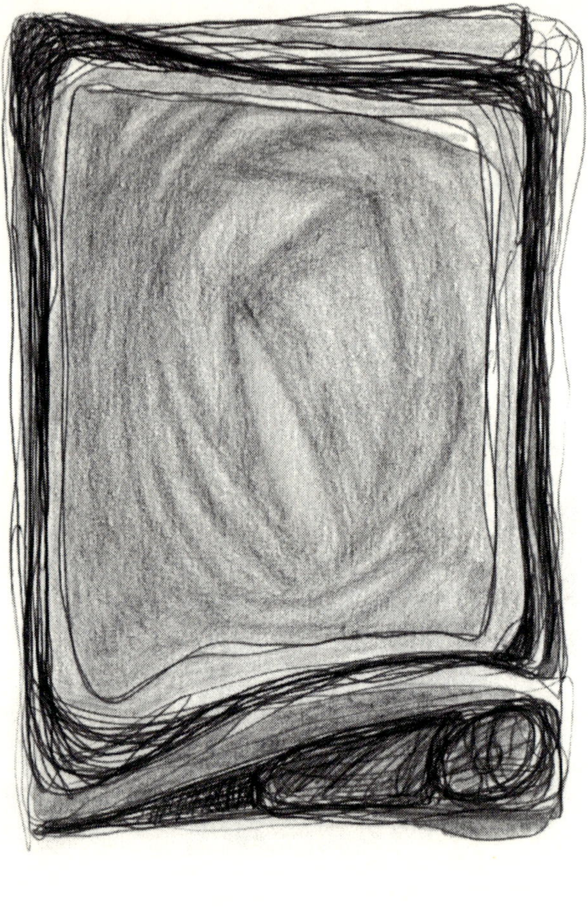

Farbenlehre

Dem Schwarzmaler
macht man Beine

Dem Schönfärber
liegt man zu Füßen

Wer will schon
sein blaues Wunder erleben,
wenn er mit einem blauen Auge
davonkommen kann

Verantwortung

„Ich habe nichts getan"
ist noch lange kein Freibrief,
der einen aus der Verantwortung
für die Geschichte entläßt

„Ich habe nichts getan"
heißt genau so gut
„Ich habe nichts dagegen getan"

als sie ihn holten
als sie ihn schlugen
als sie ihn töteten

In Wirklichkeit ist es nämlich
gerade dieses Nichts-Tun,
das jenen Tür und Tor öffnet,
die ungehindert
alles tun wollen

Pflichterfüllung

Am 2. Februar 1945 wagten über 400 verzweifelte sowjetische Offiziere einen Ausbruch aus dem Konzentrationslager Mauthausen. Bei der Wiedereinbringung der Geflüchteten steigerte sich die Bevölkerung des Mühlviertels in einen wahren Blutrausch. Nur zwölf der am Ausbruch beteiligten überlebten diese Hetzjagd, die als „Mühlviertler Hasenjagd" in die Geschichte einging. „... die Wiederergriffenen nicht lebend ins Lager zurückbringen..."   *SS-Lagerleitung Mauthausen*

Hasenjagd.

Einige wenige
meldeten sich krank.
Verriegelten die Tore,
schlossen die Läden dicht.
Nur nichts sehen müssen!

Kam ihnen dennoch
einer der Gejagten
unter die Augen,
zeigten manche Erbarmen
und schoben
dem Ausgehungerten
ein Stück Brot,
etwas warme Milch
in die Kälte,
ehe sie die Henker riefen.

Chancen

Wer dem folgt,
der einem sagt,
wo es lang geht,
könnte weit kommen.

Wie mein Großvater.

Im Kaukasus liegt sein Grab.

Heilsverkünder

Der Frühling steht
hoch im Kurs.

Grund genug,
einen Umweg
über den Herbst zu nehmen,
ehe man sich
für eine Blüte begeistert.

...fürs Leben

Wie beneidete ich
die jungen Birken
in unserem Schulhof!

Schwang sich der Wind
zu ihrem Herrn auf,
neigten sie ehrfurchtsvoll
ihre Häupter zu Boden,
als wären sie ihm untertan.

Kaum aber glaubte er sich
seiner Herrschaft sicher,
schnellten sie wieder
in die Höhe und
schüttelten sich vor Lachen.

An die Schwachen

Auch wenn Macht
wirklich mächtig
macht

macht ohne Macht sein
noch lange nicht
ohnmächtig

Erntezeit

Nächstenliebe

Nur wer imstande ist
sich selbst zu lieben
mit allen Fehlern und Schwächen
achtet auch
andere Menschen hoch

sagt man

Wie abgrundtief
muß der Mensch
sich selbst hassen!

Spurensuche

Juden?

Im Haus schräg gegenüber
haben welche gewohnt

Nette Leute
wenn auch ein wenig eigen

Eines Nachts waren sie
plötzlich verschwunden

Spurlos

Als hätten sie sich
in Rauch aufgelöst

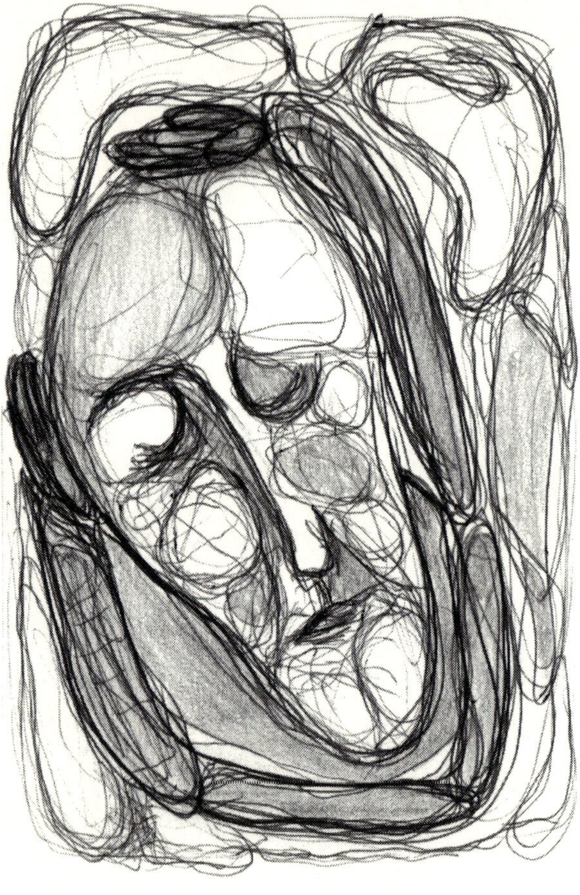

Asylrecht

Die Angst vor dem Henker
sei kein Beweis
für Verfolgung

Die Wunden der Seele
sehe man nicht

Dieser kann bleiben
Er hat Beweise
aus Narben und Blut

Sehfehler

Am besten war
einfach wegzuschauen

wenn einer verschwand

wer verschwinden ließ

So konnte man sich danach
wenigstens wieder
in die Augen sehen

Volk der Dichter und Denker

Damals.
Erst verbrannten sie
Bücher, dann
Menschen.

Heute
werden die Bücher
verschont.

Da sage noch einer,
wir seien ein Volk
ohne Sinn für Kultur.

Flächenbrand

Worte voll Haß,
gefährliche Flammen der Angst

Silbe um Silbe
lodern sie höher

bis sie zünden

Auslöschung

Unaussprechbar
müßten manche Wörter sein

So unaussprechbar
daß schon daran denken
einem schwerfiele

So schwerfiele
daß man mit der Zeit
vergessen würde auf...

„Achte auf deine Gedanken! Sie sind der Anfang deiner Taten."
Chinesisches Sprichwort

Babel

Wenn alle wieder
zu einer Sprache fänden,
gelänge es vielleicht
den Turm, der uns
den Himmel näherbrächte,
aufs neue hochzuziehen.

Wo aber mit dem Bau beginnen?

Mein Nachbar und ich
sprechen eine Sprache,
und trotzdem verstehen
wir uns nicht.

*„...seht nur, ein Volk sind sie, und eine Sprache haben sie alle.
Und das ist erst der Anfang ihres Tuns..."*   *Genesis 11,6*

Turgut

Turgut ist
mein schlechtester Schüler

In diesem Jahr
wird er die Schule
ohne Abschluß verlassen müssen

Zu Hause
– hat man mir erzählt –
schreibt er Gedichte
in seiner Muttersprache

Erntezeit

Der Nachbar hat meinen Bäumen
die Flügel gestutzt.
Zu viele Blätter seien
in seinen Garten geflogen.

Seinen Bäumen habe ich
die Freiheit gelassen, einzureisen.
Die schönsten Früchte bringen sie
nun jeden Herbst ins Land.

Aufschub

Wo ich gewesen sei
damals

Vorüber
geht der Kelch
ich war
noch nicht geboren

Doch irgendwann...

Katzenleben

Zuletzt

Wer ist schuld gewesen?

Natürlich die Steine

Wären sie nicht
im Weg gelegen
hätte niemand
damit geworfen

Katzenleben

Katzen
haben sieben Leben

achten trotzdem
ganz genau darauf
wofür sie jedes geben

achtlos wir
müssen doch unsterblich sein

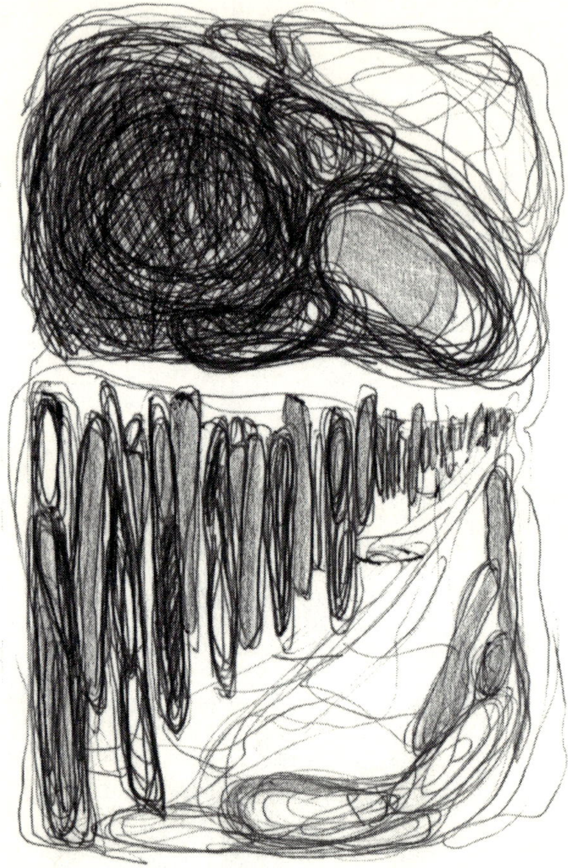

...bis in den Tod

Warum zogen alle
in den Krieg?

Weil sie mußten.

Wer sich weigerte,
riskierte Kopf und Kragen.

Sie nennen es Liebe

Sie geben ihr Leben
für Land

Sie nehmen Leben
für Land

und nennen es Liebe
zum Land

Ich liebe das Leben

Spezies „Mensch"

Selbst wenn es gelänge
einen neuen Menschen
zu schaffen
einen neuen Menschen
freundlich mit Worten
und offen im Blick
der es gelernt hätte
seine Hände zum Liebkosen
zu gebrauchen
und nicht zum Schlagen

wer könnte sich sicher sein
daß es diesem neuen Menschen
nicht in den Sinn käme
in aller Freundlichkeit
auf den nächstbesten zuzugehen
um ihn totzuküssen

Gehorsam

Mein Großvater
wurde zum Gehorsam erzogen.
Im letzten Krieg
quälte und mordete er
auf Befehl.

Mir aber
will man weismachen,
daß ich meinem Kind
nichts Gutes tue,
wenn ich seinen Ungehorsam
ertragen lerne.

Selbstentlarvung

Die Stadt ist
bis zum letzten Mann
zu halten!

Und die Frauen

Und die Kinder...

Alterswunsch

Die Enkelkinder
auf dem Schoß
Märchen erzählen

Und auf die Frage
was denn Krieg sei
zur Antwort geben können

Es war einmal...

Waffenstillstand

Die Krallen, Freund,
laß uns zähmen

- der wilden Dornenranken
sind genug, die
nach den Füßen fassen -

und Hand in Hand
ein Stück des Weges gehn

Nichts ohne sie
(für Karin)

Nichts ohne sie

Nicht von Liebe
gegen Macht
will ich schreiben

sagte ich einmal

Wußte noch nichts
von der Macht
der Liebe

In deinen Armen

In deinen Armen
wollte ich
die Welt vergessen

Doch
Arm in Arm
mit dir die Welt erleben

erinnert mich
wie unvergeßlich
schön sie ist

Wie nie zuvor

Ich wurde schwach
als du in meine Stärken
dich verliebtest

Aber daß du mich auch
mit meinen Schwächen liebst
macht mich so stark
wie nie zuvor

Reisebegleitung

Auch aus Angst
vor dem Fremden
will ich, daß
du mir nah bist

Ohne dich
reiste ich nie
so weit in mich

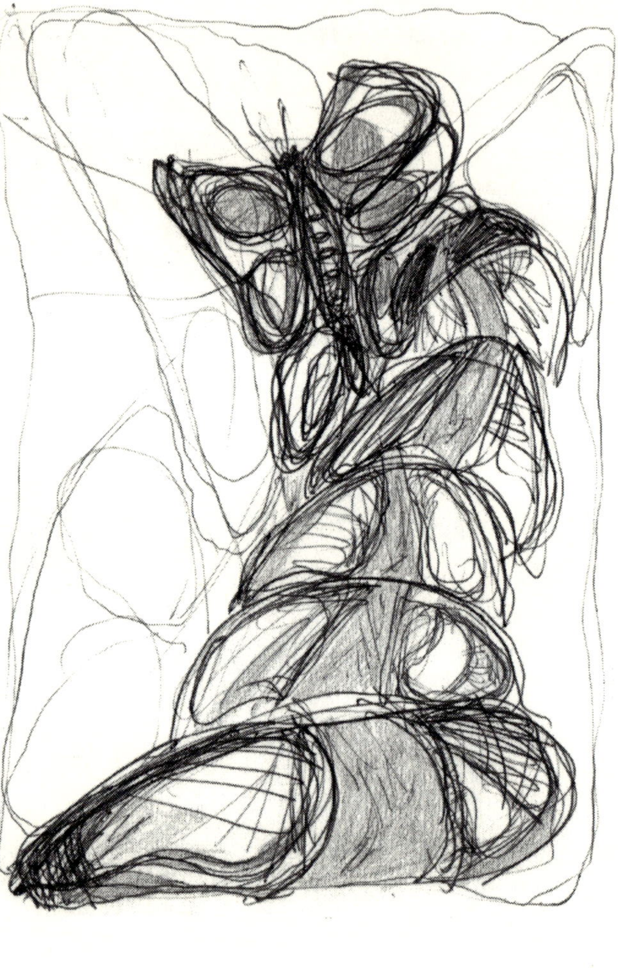

Lebensakrobatik

Erst seit ich weiß

du hältst mich
wenn ich falle

tanze ich
durch mein Leben

ohne Netz

Aus den Augen

So weit
bin ich gekommen
So wenig
mitgebracht

Die Reise ging zu schnell

Muß noch einmal
zurück und sammeln
was unterwegs
ich übersah

Inhaltsverzeichnis

Auf der Suche nach... 5

Unterwegs 7

Botanischer Garten im Frühling 8
Unterwegs bei sengender Hitze............. 9
Souvenir aus Lourdes 11
Ausstellungsbesuch...................... 12
Menschlich, allzu menschlich 13
Lichtjahre 14

Nachtfischen 15

Einem Kritiker 16
Nachtfischer 17
Scherbenhaufen....................... 18
Erwachen 19
Selbstmord 21
Angst 22
Schlußrechnung 23
Resümee............................ 24
Wohin.............................. 25

Vater sein 27

Auf den Vorwurf des Sohnes 28
Zufluchtsstätte nachts 29
Wer zuletzt 30
Generationen 31
Vater sein 33

Kinderwelt 35

Zweifel 37
Kinderzeichnung 38
Haare lassen 39
Kinderwelt 40

Unterrichtsschluß 41

A never ending story 43
Lernstunde 44
Der Schule zu Ohren 45
Klage eines älteren Kollegen 46
Unterrichtsschluß 47
Einsicht 48
Nicht für die Schule 49

Neuigkeiten von gestern 51

Neuigkeiten von gestern 52

Machtergreifung 53
Farbenlehre 55
Verantwortung 56
Pflichterfüllung 57
Chancen 58
Heilsverkünder 59
...fürs Leben 60
An die Schwachen 61

Erntezeit 63

Nächstenliebe 64
Spurensuche 65
Asylrecht 67
Sehfehler 68
Volk der Dichter und Denker 69
Flächenbrand 70
Auslöschung 71
Babel 72
Turgut 73
Erntezeit 74
Aufschub 75

Katzenleben 77

Zuletzt 78
Katzenleben 79
...bis in den Tod 81

Sie nennen es Liebe 82
Spezies „Mensch".......................83
Gehorsam............................84
Selbstentlarvung 85
Alterswunsch 86
Waffenstillstand 87

Nichts ohne sie........................89
(für Karin)

Nichts ohne sie 90
In deinen Armen 91
Wie nie zuvor 92
Reisebegleitung.........................93
Lebensakrobatik 95
Aus den Augen 97

Inhaltsverzeichnis 99

EDITION NEUNZIG
in Zusammenarbeit mit dem OÖ.P.E.N.-Club

bisher erschienen: (Jeder Band der Reihe: öS 120,- DM 18,- sfr 16,50)

Gertrud Fussenegger
Eggebrecht
Fünf Erzählungen und andere Texte: Der General oder Weiße Fahnen – Wie sah es in Jerusalem wirklich aus? – Mamachen Malacitana – Das Spiel der Corarès – Drei Häuser in OÖ. – Zitronenpudding – Eine kleine Figur – Eggebrecht
120 Seiten, TB-Format

Günter Giselher Krenner
Lieb' Heimatland
Österreichische Satiren zu den Themen: Ortskultur – Parteienschlacht – Zeitverschiebung – Schuleröffnung – Was sagen Sie zu unserem Schriftsteller? – Florianijünger – u.a.
106 Seiten, TB-Format

Roswitha Zauner
Schneewittchen
Eines der schönsten deutschen Märchen hat Roswitha Zauner jetzt neu erzählt, und zwar mit augenzwinkerndem, leisem Humor und viel poetischem Charme, sodaß die jungen Leser eine spannende Geschichte erleben, Erwachsene neuen Spaß an der Wiederbegegnung mit Altvertrautem.
128 Seiten, 10 s/w-Ill. von Gesine v. Loesch, TB-Format

Friedrich Ch. Zauner — Zwei Theaterstücke
Aller Tage Abend
Kidnapping
Zauner versteht es, aktuelle Themen in poetischer Form zu verdichten und exemplarisch darzustellen. Sie sind nicht nur auf der Bühne enorm wirkungsvoll, sondern geben auch eine spannende Lektüre ab.
214 Seiten, TB-Format

Traude Maria Seidelmann — **Gedichte**
Vom Rauschen des Laubfalls
Welten und Gegenwelten beschreibt Seidelmann mit den starken, einfachen, oft archaisch wirkenden Bildern ihrer Lyrik. Chr. Thanhäuser illustrierte die Gedichte mit den Mitteln des Holzschnittes.
96 Seiten, TB-Format

Walter Kohl
Katzengras
Die Geschichte eines Alkoholikers. Das aktuelle und verbreitete Problem Alkoholismus behandelt Walter Kohl in Katzengras. Er verwendet einen authentischen Fall für seine erste große Erzählung. Beklemmend zeichnet er die Stationen der immer tieferen Verstrickung in die Sucht nach, bis knapp am Rande des Absturzes ins soziale Nichts, der Absprung gerade noch gelingt.
152 Seiten, TB-Format

ENNSTHALER VERLAG, A-4402 STEYR

EDITION NEUNZIG
in Zusammenarbeit mit dem OÖ.P.E.N.-Club

bisher erschienen: (Jeder Band der Reihe: öS 120,- DM 18,- sfr 16,50)

Margret Czerni

Ein Weltbürger

Kleinbürgerlicher Chauvinismus, Untertanenmentalität, die Titelsucht der Österreicher, das Wien der überbordenden Klischees, eine pervertierte Künstlerverehrung, die Situation der Außenseiter in einer scheinbar liberalen Gesellschaft, das sind Themen, die Margret Czerni in ihren Satiren aufgreift. *128 Seiten, TB-Format*

Thomas Werner Duschlbauer   Gedichte

Ein Stuhl im Niemandsland

Mit intellektueller Schärfe beobachtet der Autor die Welt, in der er lebt. Mit Witz, Humor, mit Betroffenheit, aber auch mit einem gemessenen Quantum an Selbstironie stattet er seine Geschichte aus. *112 Seiten, 10 s/w-Ill., TB-Format*

Roswitha Zauner   Eine „tierische" Geschichte

Oskar legt ein Ei

Oskar ist schon ein besonders dummer und gedankenloser Bauer. Er zwingt die Tiere auf seinem Hof Arbeiten zu verrichten, die sie beim besten Willen nicht ausführen können. Als eines Tages ein herrenloser Kater auf den Hof kommt, will Oskar ihn zum Aufseher über die Tiere machen. So etwas kann nicht gut gehen.

136 Seiten, 44 s/w-Ill. von Julia Staedler, TB-Format

Hugo Schanovsky/Reinhard Adlmannseder

Diesen Tag Sarajevo

Eine Wort- und Bildmeditation

Von zwei diametral entgegengesetzten Polen her nähern sich zwei Künstler der Stadt Sarajevo, die gegenwärtig nicht zum ersten Mal im Mittelpunkt des Weltinteresses steht.   *88 Seiten, 28 s/w-Illustrationen, TB-Format*
auch in bosnischer und italienischer Sprache erschienen

Alexander Giese

Die Mitten der Welt

Innviertler und andere Geschichten

Alexander Giese, bekannt als Autor großer historischer Romane, beweist mit den sieben Geschichten dieses Bandes, wie sehr er sich auch in der kleineren Form der Erzählung zu Hause fühlt.

102 Seiten, 13 s/w-Ill. v. Catharina Sattleder, TB-Format

ENNSTHALER VERLAG, A-4402 STEYR

EDITION NEUNZIG
in Zusammenarbeit mit dem OÖ.P.E.N.-Club

bisher erschienen: (Jeder Band der Reihe: öS 120,- DM 18,- sfr 16,50)

Oskar Zemme
Maria – Abschied von den Träumen

Zwei dramatische Texte
Mit großem Erfolg wurde Oskar Zemmes Bühnenmonolog „Maria" im Theaterkeller des Landestheaters Linz uraufgeführt. Ein verwandtes Thema behandelt auch das Hörspiel „Abschied von den Träumen".
88 Seiten, TB-Format

Wie schwierig es ist, jung zu sein

Ernstes und Heiteres über und für junge Menschen
Darüber schreiben in diesem Buch: Käthe Recheis, Anneliese Ratzenböck, Brigitte Irmler, Peter Paul Kaspar, Friedrich Ch. Zauner, Alexander Giese, Thomas Werner Duchlbauer, Walter Kohl, Ernst Schmid, Roswitha Zauner und Margret Czerni
103 Seiten, 16 s/w-Ill. von Catharina Sattleder, TB-Format

Anneliese Ratzenböck
Nichts für Männer
Kritisches und Heiteres aus dem Alltagsleben
Eine Auswahl aus den in den Oberösterreichischen Nachrichten erschienenen Kolumnen. Die Auswahl der Texte, die nun zum Nachlesen vorliegen, beweist, wieviel Zeitloses in Zeitbetrachtungen liegen kann.
113 Seiten, 4 s/w-Ill., TB-Format

Österreich - Ostarrichi
Hommage an eine Heimat
Mit Beiträgen von Alexander Giese, Gottfried Glechner, Thomas Werner Duschlbauer, Elfriede Prillinger, Reinhard Olt, Roswitha Zauner, Peter Paul Kaspar, Günter Giselher Krenner, Friedrich Goffitzer, Ernst Schmid sowie Peter Oettl.   *112 Seiten, TB-Format*

ENNSTHALER VERLAG, A-4402 STEYR

EDITION NEUNZIG
in Zusammenarbeit mit dem OÖ.P.E.N.-Club

bisher erschienen: (Jeder Band der Reihe: öS 120,- DM 18,- sfr 16,50)

Friedrich Ch. Zauner

Passion

„Im Unterschied zu den barocken Passionstexten ist die Passion Friedrich Ch. Zauners wohl evangeliengerecht, da er sich an die überlieferten Fakten hält, doch entrollt er ein so farbiges und psychologisch eindringliches Bild des zeitgeschichtlichen Umfelds, indem sich dem Mysteriendrama auch eine menschliche Tragödie des Pontius Pilatus einfügt."

124 Seiten, TB-Format

Anneliese Ratzenböck

Auch für Männer

„Nichts für Männer" hieß eine Kolumne, in der Anneliese Ratzenböck für die Oberösterreichischen Nachrichten aus ihrer weiblichen Perspektive Glossen zum Schmunzeln, zum Wundern und zum Nachdenken verfaßte. Später wurde die Kolumne auf „Auch für Männer" umgetauft. Ebenso heißen auch die beiden Bücher in der „Edition Neunzig", die eine Auswahl der besten Texte aus eineinhalb Jahrzehnten zum Nachlesen anbieten.

120 Seiten, 4 s/w-Ill., TB-Format